CÍRCULO *Luna Parque*
DE POEMAS *Fósforo*

Braxília
não-lugar

Nicolas Behr

impossível
imaginar
braxília

os que tentaram
— candangos —
foram obrigados
a construí-la

norte
sul
morte
azul

pra que mapa?

você está em braxília
mas aqui
não está ninguém

um mapa
um tapa

um topo utópico
uma topada

sonhar
com braxília
e levantar

já sabemos
que braxília
não existe

precisamos inventar
outra desculpa
para destruí-la

sim, os mapas
— todos falsos —
podem nos dar
uma pista

eixos
que se cruzam
olhares
que não se encontram

a cruz que cruza
a encruzilhada
desorienta

e mostra

o mapa de braxília
é do tamanho
de braxília

desdobrá-lo

trocar o mundo
pelas palavras

quem desenha o mapa
se abre
quem o pisa
se perde

já chegamos?

não

vai demorar?

vai

me acorda
quando chegar?

braxília
também
é sonho

o eixo torto
da natureza torta

as asas fechadas
do anjo caído

braxília
não é refém do mito
(ou é?)

braxília é a epopeia
feliz

da prancheta
direto
para a maquete

sem sangue

o mapa de diamantino
é mais fácil de desenhar

diamantino: cidade no mato grosso
onde o poeta passou a infância

lá onde um ribeirão corta pedras,
pontes, ruas e casas

mas é braxília
que sangra

inventar palavras
é inventar lugares

ailisarb
braxília
brasilíada
brasilírica
brasilinhas
brasilien-se

brax ilha não

arquipélago
da imaginação

em braxília
(como em toda parte)
não preciso de mapa

preciso de alcina

Copyright © 2023 Nicolas Behr

Todos os direitos reservados. Nenhuma parte desta obra pode ser reproduzida, arquivada ou transmitida de nenhuma forma ou por nenhum meio sem a permissão expressa e por escrito da Editora Fósforo e da Luna Parque Edições.

Agradecimentos especiais a Francisco Alvim

EQUIPE DE PRODUÇÃO
Ana Luiza Greco, Fernanda Diamant, Julia Monteiro, Leonardo Gandolfi, Mariana Correia Santos, Marília Garcia, Rita Mattar, Zilmara Pimentel
REVISÃO Eduardo Russo
IMAGEM DA CAPA
Willem Janszoon Blaeu
Novus Brasiliae Typus (c. 1662-1672)
edição de Joan Blaeu (Amsterdam)
PROJETO GRÁFICO Alles Blau
EDITORAÇÃO ELETRÔNICA Página Viva

Contatos com o autor
paubrasilia@paubrasilia.com.br
@nicolasbehr
www.nicolasbehr.com.br

A marca FSC® é a garantia de que a madeira utilizada na fabricação do papel deste livro provém de florestas gerenciadas de maneira ambientalmente correta, socialmente justa e economicamente viável e de outras fontes de origem controlada.

Dados Internacionais de Catalogação na Publicação (CIP)
(Câmara Brasileira do Livro, SP, Brasil)

Behr, Nicolas
 Braxília não-lugar / Nicolas Behr. — São Paulo : Círculo de poemas, 2023.

 ISBN: 978-65-84574-52-6

 1. Poesia brasileira I. Título.

22-138977   CDD — B869.1

Índice para catálogo sistemático:
1. Poesia : Literatura brasileira   B869.1

Inajara Pires de Souza — Bibliotecária — CRB PR-001652/O

CÍRCULO *Luna Parque*
DE POEMAS *Fósforo*

circulodepoemas.com.br
lunaparque.com.br
fosforoeditora.com.br

Editora Fósforo
Rua 24 de Maio, 270/276, 10º andar
01041-001 - São Paulo/SP — Brasil

CÍRCULO *Luna Parque*
DE POEMAS *Fósforo*

LIVROS

1. **Dia garimpo**
Julieta Barbara

2. **Poemas reunidos**
Miriam Alves

3. **Dança para cavalos**
Ana Estaregui

4. **História(s) do cinema**
Jean-Luc Godard
(trad. Zéfere)

5. **A água é uma máquina do tempo**
Aline Motta

6. **Ondula, savana branca**
Ruy Duarte de Carvalho

7. **rio pequeno**
floresta

8. **Poema de amor pós-colonial**
Natalie Diaz
(trad. Rubens Akira Kuana)

9. **Labor de sondar [1977-2022]**
Lu Menezes

10. **O fato e a coisa**
Torquato Neto

11. **Garotas em tempos suspensos**
Tamara Kamenszain
(trad. Paloma Vidal)

12. **A previsão do tempo para navios**
Rob Packer

13. **PRETOVÍRGULA**
Lucas Litrento

14. **A morte também aprecia o jazz**
Edimilson de Almeida Pereira

PLAQUETES

1. **Macala**
Luciany Aparecida

2. **As três Marias no túmulo de Jan Van Eyck**
Marcelo Ariel

3. **Brincadeira de correr**
Marcella Faria

4. **Robert Cornelius, fabricante de lâmpadas, vê alguém**
Carlos Augusto Lima

5. **Diquixi**
Edimilson de Almeida Pereira

6. **Goya, a linha de sutura**
Vilma Arêas

7. **Rastros**
Prisca Agustoni

8. **A viva**
Marcos Siscar

9. **O pai do artista**
Daniel Arelli

10. **A vida dos espectros**
Franklin Alves Dassie

11. **Grumixamas e jaboticabas**
Viviane Nogueira

12. **Rir até os ossos**
Eduardo Jorge

13. **São Sebastião das Três Orelhas**
Fabrício Corsaletti

14. **Takimadalar, as ilhas invisíveis**
Socorro Acioli

> **Você já é assinante do Círculo de poemas?**
>
> Escolha sua assinatura e receba todo mês em casa nossas caixinhas contendo 1 livro e 1 plaquete.
>
> Visite nosso site e saiba mais:
> www.circulodepoemas.com.br

CÍRCULO *Luna Parque*
DE POEMAS *Fósforo*

Este livro foi composto em GT Alpina e GT Flexa e impresso pela gráfica Ipsis em janeiro de 2023. Inventar palavras é inventar lugares. Braxília, Braxília, cadê você?